AF602969

VENTE

POUR CAUSE DE DÉPART DE MADAME L...

# OBJETS D'ART & D'AMEUBLEMENT

ANCIENS ET DE STYLES

MEUBLES ET SIÈGES

**Porcelaines, Bronzes**

ORFÈVRERIE, TAPIS

**Estampes**

PARIS, LE 2 JUIN 1914

CATALOGUE

DES

# Objets d'Art et d'Ameublement

ANCIENS ET DE STYLES

## PORCELAINES, CÉRAMIQUES

De la Chine, du Japon et autres

## BRONZES D'AMEUBLEMENT

## MEUBLES ET SIÈGES

*Petites Tables, Meubles d'entre-deux, Fauteuils*

**AMEUBLEMENT DE SALON EN BOIS SCULPTÉ PEINT, ÉPOQUE LOUIS XVI**

ESTAMPES, TABLEAU, DESSINS, AQUARELLES

## ORFÈVRERIE — PLAQUÉ

OBJETS VARIÉS, TAPIS

*Dont la Vente, POUR CAUSE DE DÉPART DE Mme L..., aura lieu*

## HOTEL DROUOT, SALLE N° 6

**LE MARDI 2 JUIN 1914**

*A 2 heures précises*

---

COMMISSAIRES-PRISEURS

**Me F. LAIR-DUBREUIL**
6, rue Favart
PARIS

**Me André DESVOUGES**
*Successeur de M. Maurice DELESTRE*
26, rue de la Grange-Batelière

EXPERTS

**MM. PAULME ET B. LASQUIN Fils**

10, rue Chauchat | 11, rue de la Grange-Batelière

PARIS

*Chez lesquels se distribue le présent Catalogue*

---

EXPOSITION PUBLIQUE

**Le Lundi 1er Juin 1914, Salle N° 6, de 2 heures à 6 heures**

## CONDITIONS DE LA VENTE

Elle sera faite au comptant.

Les adjudicataires paieront *dix pour cent* en sus des enchères.

Paris. — Imp. de l'Art, Ch. Berger, 41, rue de la Victoire.

# DÉSIGNATION

## ESTAMPES

### TABLEAU, AQUARELLES, DESSINS

BARTOLOZZI

1 — *Jupiter et Io.*

Estampe ancienne, d'après Le Corrège. Encadrée.

COSWAY (D'après)

2 — *The Birth of the Thames.*

Estampe ancienne imprimée en couleurs, par Tomkins. Encadrée.

DUGOURRE (Attribué à)

3 — *Le Char de l'Amour.*

Dessin au lavis de sépia.

ÉCOLE FRANÇAISE (XVIII^e siècle)

4 — *Maternité.*

Toile.

FRAGONARD (D'après)

5 — *L'Heureuse Famille.*

Estampe ancienne en noir, par J.-G. Huck. Encadrée.

*

LAWREINCE (D'après)

6 — *Nina.*

Estampe imprimée en couleurs, par J. Colinet. Encadrée.

NIXON (D'après James)

7 — *Faith Hope and Charity.*

Estampe ancienne imprimée en couleurs, par Geo Keating.

PETERS (D'après)

8-9 — *The Spirit of a Child, etc. — Of such is the Kingdom of God.*

Deux estampes imprimées en couleurs, par Bartolozzi et Dickinson. Encadrées.

REGNAULT (Par et d'après)

10 à 12 — *Le Matin. — Le Soir. — La Nuit.*

Trois estampes anciennes. Encadrées.

REGNAULT (Par et d'après)

13-14 — *Dors, dors. — Ah! s'il s'éveillait.*

Deux estampes anciennes. Encadrées.

REYNOLDS (D'après J.)

15 — *Vénus.*

Estampe ancienne imprimée en couleurs, par J. Collyer. Encadrée.

TRÉMOLIÈRES

16 — *Amours et Cygne.*
Dessin.

17 à 21 — Quatorzes pièces encadrées : Aquarelles, Pastels, Dessins de l'École moderne.

22 à 23 — Trois gravures encadrées.

# FAIENCES, PORCELAINES

## CÉRAMIQUES VARIÉES

24 — Petit vase à pans en porcelaine de Limoges, décor par LEONE GEORGES.

25 — Partie de service en porcelaine d'Haviland, décor en dorure, comprenant : trois compotiers à pied, quatre coupes à gâteaux, un sucrier couvert, et trente-six assiettes à dessert.

26 — Jardinière en porcelaine tendre, composée d'un vase surbaissé, sur le bord duquel se tient un personnage effrayé par un cygne, décor en couleurs dans le goût japonais.

27 — Vase-balustre côtelé, de forme aplatie, en porcelaine tendre, décor en couleur dans le goût japonais : arbustes, rochers, oiseaux. Base en bronze.

28 — Pot cylindrique en porcelaine décorée dans le goût japonais, dit à la haie et à l'écureuil. Couvercle en argent.

29 — Coupe en ancienne porcelaine de Paris à la Reine, décor à bouquets de fleurs ; pied en argent ciselé doré. De la *Maison Keller*.

30 — Service à café en ancienne porcelaine décorée, comprenant : une verseuse, un pot à crème, un sucrier, six tasses et cinq soucoupes, contenus dans un écrin.

31 — Pot cylindrique couvert en porcelaine, à décor de bouquets de fleurs en couleurs. Monture en cuivre gravé.

32 — Groupe en porcelaine de Saxe : Femme, enfant et chèvre.

33 — Plat rond à bord mouvementé en ancienne porcelaine de Saxe au point, marli à nervures et vannerie, décor à bouquets de fleurs en couleur.

34 — Plateau rectangulaire et un couvercle en ancienne porcelaine de Saxe, bordure à vannerie ; accompagnés d'une soupière moderne.

35 — Deux petits vases à motifs rocailles, et anses-palmes, munis de bouquets de fleurettes, en porcelaine de Saxe décorée en couleur.

36 — Jardinière en céladon vert fleuri.

37 — Vase en céramique émaillée gris.

38 — Grand vase en porcelaine de Chine, décor à paysages, avec pagodes et personnages en couleur.

39 — Coupe faite d'un plat en ancienne porcelaine de Chine, décor à fleurs et oiseaux. Monture en bronze.

40 — Deux petites potiches-balustres en porcelaine de Chine, décor d'ustensiles et lambrequins en bleu. Socles et couvercles en bois.

41 — Bouteille en porcelaine de Chine; la panse chargée de branchages feuillagés et fleuris, en bleu.

42 — Potiche à panse surbaissée en ancien céladon gris craquelé de Chine.

43 — Potiche couverte en ancienne porcelaine de Chine, décor en couleurs de pampres de vigne, écureuil. Socle en bois ajouré.

44 — Bouteille piriforme en céladon vert de Chine. Socle ajouré en bois.

45 — Bouteille piriforme en céladon gris craquelé de Chine. Socle en bois.

46 — Vase cylindrique en ancienne céramique de Chine émaillée en couleur, à décor de personnages, pagode et arbre. Socle en bois ajouré.

47 — Potiche en céladon vert, montée en lampe électrique. Abat-jour en soie, et dentelle de métal.

48 — Vase à panse surbaissée en céramique chinoise, décor de médaillons à personnages, fleurs, oiseaux. Socle en bois sculpté.

49 — Vase en ancienne porcelaine de Chine, à fond bleu uni, chargé de caractères d'écriture et paysages, en dorure.

50 — Deux petits pots ovoïdes côtelés en ancienne porcelaine de Chine, décor bleu, de fong-hoan. Bouchons et socles en bois.

51 — Bouteille en céramique du Japon, décor en bleu, fond à bâtons rompus, et médaillons à oiseaux.

52 — Boite ronde couverte en céramique japonaise. Socle en bois.

53 — Petit vase en céramique japonaise émaillée vert, orné de branchages et oiseaux en relief. Socle en bois.

# ORFÈVRERIE

## PLAQUÉ

54 — X, avec inscription *M. A. S.*, en argent doré.

55 — Petit plateau rectangulaire en argent doré.

56 — Petite coupe quadrilobée et un petit plateau rectangulaire en argent repoussé.

57 — Lampe, munie d'accessoires et d'un écran, en argent, de style antique. Disposée pour la lumière électrique.

58 — Petite glace à coiffer, à monture d'argent.

59 — Petit légumier avec son double fond et son présentoir de forme carrée, en argent ciselé.

60 — Verseuse en vermeil, déversoir à tête d'oiseau, poignée en ivoire. Genre XVIIIe siècle.

61 — Broc à champagne en cristal gravé; monture en vermeil.

62 — Vase à fleurs en cristal gravé; monture en argent.

63 — Seau à biscuit en cristal; monture en argent.

64 — Verre d'eau en cristal, comprenant : un flacon, un verre et un présentoir; monture en argent.

65 — Sucrier couvert en métal argenté.

66 — Ecuelle couverte avec son présentoir en métal argenté.

67 — Seau à glace en cristal; monture en métal argenté.

68 — Seau à rafraîchir en métal argenté.

69 — Légumier couvert en métal argenté.

70 — Saucière sur plateau en métal argenté.

71 — Sucrier à piédouche et couvercle, muni de deux anses, en vermeil.

72 — Poivrière en cristal; monture en argent, à décor de pampres de vigne et feuilles.

73 — Deux ronds de serviette, une timbale à une anse, un allume-cigare en argent.

74 — Deux tasses, trois soucoupes et un couvercle en argent.

75 — Bougeoir en argent ciselé, de la *Maison Boin-Taburet.*

76 — Bougeoir en argent, à bordure rocaille.

77 — Deux coupes en cristal; bordure et piédouche en argent.

78 — Confiturier en cristal; monture, forme corbeille, à une anse, en argent repoussé.

79 — Ménagère, à plateau de bois; monture en argent.

80 — Coupe oblongue, à deux anses, en argent ciselé, à bordure de feuillages.

81 — Petit plateau carré à pans coupés en argent ciselé.

82 — Plateau rectangulaire en argent; bordure en argent ciselé.

83 — Plateau de surtout, de forme mouvementée, à fond de glace; monture en argent.

84 — Deux verrières-rafraîchissoir ovale, sur piédouche, en métal argenté.

85 — Louche et couvert à salade en métal de *Christofle.*

86 — Trente-six fourchettes, dix-huit grandes cuillers à café, douze cuillers à café, de la *Maison Christofle.*

87 — Dix couteaux à dessert, manches en corne.

88 — Un couvert à pickles, deux couteaux, manches nacre, lames acier ; un couteau, manche nacre, lame et monture vermeil ; deux porte-menu en porcelaine.

89 — Brosse, ramasse-miettes, presse-citron et deux couvercles en métal.

90 — Un plat long et deux plats ronds en métal argenté.

## OBJETS VARIÉS

91 — Petit flacon en cristal, dans son étui en maroquin. — Loupe à manche en nacre.

92 — Vase sur trépied, de style antique.

93 — Petit paon en argent, avec quelques points d'émail.

94-95 — Deux cerfs sacrés en ancien bronze japonais.

96 à 101 — Dix peignes en ancienne laque ou ivoire du Japon.

102 — Bouteille en ancien émail cloisonné de Chine, décor à fond bleu turquoise, chargé de rinceaux, de feuillages et de fleurs.

103 — Petit vase couvert en cristal de roche, gravé et sculpté. Pied en bois noir. Travail chinois.

104 — Rat en cristal fumé.

105 — Éventail à monture d'ivoire; feuille en soie pailletée et médaillons peints à la gouache. XVIIIe siècle.

106 — Montre en or, dans un double boîtier de même matière, partiellement émaillé, orné d'un médaillon à portrait de femme; enrichie de jargons. XVIIIe siècle.

107 — Montre en cuivre, dans un double boîtier de même matière ciselée, entourage de jargons. XVIIIe siècle.

108 — Petit flacon à parfum en or partiellement émaillé vert, enrichi de roses et de demi-perles.

109 — Petite bonbonnière ronde en argent, ornée de pierres de couleur.

110 — Bonbonnière en ivoire et écaille, ornée, sur le couvercle, d'une miniature à deux personnages. — Boîte ronde en boir noir, avec miniature : Portrait d'Espagnole.

111 — Vase en pâte de verre irisé.

112 — Vase à col évasé, muni de quatre anses, en verre de Venise.

113 — Glace, dans un cadre en bois sculpté ajouré, peint et doré, à frise de postes.

## BRONZES D'ART

### ET D'AMEUBLEMENT

114 — Deux statuettes en bronze patiné : Jeune femme aux colombes. Socle en marbre blanc.

115 — Pendulette, formée d'une théière, en ancienne porcelaine de Chine, décorée de fleurs en émaux de couleurs, et contenant le mouvement marqué : *Boin-Taburet, Paris*. Monture en bronze ciselé et doré, à tronc d'arbre et branchages se dressant sur une terrasse rocaille, agrémentée de fleurettes. Genre Louis XV.

116 — Petit lustre en bronze et cristaux de roche, à six lumières.

117 — Paire de candélabres, à trois lumières, en métal argenté. Style anglais.

118 — Paire d'appliques en bronze, agrémentées de feuillages en tôle découpée, et de fleurettes en porcelaine. Genre Louis XV.

119 — Paire d'appliques, à deux lumières, en tôle découpée, peinte et dorée, agrémentées de fleurettes et figures d'amours en porcelaine décorée. Disposées pour la lumière électrique.

120 — Paire d'appliques, à deux lumières, en bronze ciselé et doré, à nœuds de ruban et glands. Genre Louis XVI. Disposées pour la lumière électrique.

121 — Deux paires d'appliques, à deux lumières, en bronze ciselé et doré; agrafe à nœud de ruban. Genre Louis XVI.

122 — Paire de petits flambeaux en bronze, sur socle en marbre blanc. Genre Louis XVI. Disposés pour la lumière électrique.

123 — Petit flambeau, à deux lumières, en bronze, muni d'un abat-jour en tôle; base en marbre blanc.

124 — Paire de petits chenets en bronze patiné et doré : amours se chauffant à des cassolettes. Genre Louis XVI.

125 — Paire de chenets en bronze partiellement patiné, modèle à vases-cassolettes et pommes de pin. Genre Louis XVI.

126 — Paire de chenets en bronze doré, modèle à pommes de pin et petite draperie.

127 — Paire de pelle et pincettes; un pare-étincelles.

# SIÈGES

128 — Petite bergère d'enfant en bois sculpté, mouluré, ciré. Époque Louis XVI. Garniture de velours épinglé, à rayures.

129 — Fauteuil en bois mouluré peint; dossier-médaillon. Époque Louis XVI. Garniture de soie, à rayures roses et bleues.

130 — Ameublement de salon en bois sculpté peint, du temps de Louis XVI. Il se compose : d'un canapé, quatre fauteuils et deux bergères, à colonnettes détachées surmontées de panaches ; accotoirs-balustres, et pieds fuselés creusés de cannelures. Le décor consiste en moulures ornées, à rais-de-cœur, perles et larges feuilles. Garniture de riche lampas fond bleu ciel.

131 — Petit ameublement de salon en bois sculpté peint gris, comprenant : un canapé forme corbeille, deux fauteuils et quatre chaises en bois sculpté peint gris, à dossiers-médaillons, pieds fuselés et cannelés, décorés de frises d'entrelacs, enroulement et nœuds de ruban. Garniture de lampas à corbeilles, grosses fleurs et ruban sur fond rouge.

132 — Dix chaises de salle à manger, cannées, en bois sculpté peint. Les sièges sont munis de coussins mobiles en velours vert. Genre Louis XVI.

# MEUBLES

133 — Deux chaises en acajou, à dossier ajouré; coussins en cuir.

134 — Table tric-trac, rectangulaire, en bois de placage; dessus à damier. Époque Louis XV.

135 — Petit écran en bois de placage, muni d'une feuille d'ancienne tapisserie, présentant un vase chargé de fleurs, posé sur une console, auprès d'un écureuil. XVIIIe siècle.

136 — Petite table ovale, à quatre pieds-gaines, en acajou mouluré de cuivre. Elle est munie de trois tiroirs dans la ceinture, celui de face formant écritoire. Époque Louis XVI.

137 — Commode, à deux tiroirs, en bois de placage; dessus de marbre brèche. Commencement de l'époque Louis XVI.

138 — Bureau à cylindre en bois de placage, muni de cinq tiroirs. Époque Louis XVI.

139 — Desserte, à trois pieds et quatre plateaux, en acajou. Genre Louis XVI.

140 — Deux consoles d'applique en bois sculpté peint, pieds à volutes, frises à canaux; nœuds de ruban. Tablette de marbre. Genre Louis XVI.

141 — Table de salle à manger ovale, à quatre pieds fuselés, en bois sculpté peint. Genre Louis XVI.

142 — Petite console-desserte demi-lune en acajou, munie de deux tablettes d'entrejambes et d'un tiroir; dessus de marbre blanc, ceinturé d'une galerie ajourée en cuivre. Genre Louis XVI.

143 — Petite table rectangulaire en bois de placage, munie d'une tirette et d'un tiroir. Genre Louis XVI.

144 — Petite table ovale en bois de placage, sur quatre pieds reliés par un croisillon; dessus en mosaïque de marbre. Commencement du XIXe siècle.

145 — Petit bureau à dos d'âne, ouvrant à abattant, de forme mouvementée, reposant sur quatre pieds cambrés, en bois laqué rouge, décor à paysages et personnages en dorure dans le goût chinois.

146 — Petit bureau de dame en bois de placage, à tablettes d'entrejambes; ouvrant à deux portes à coulisses, et un tiroir dans la ceinture.

147 — Petite armoire basse et étroite en bois de placage, ouvrant à deux portes.

148 — Meuble d'entre-deux en bois de placage, ouvrant à deux portes faites de panneaux en laque, à décor de personnages chinois dans des paysages. Dessus de marbre.

149 — Armoire d'entre-deux en bois de placage, ouvrant à deux portes, munies de panneaux d'ancienne laque, décorés de paysages animés de nombreux personnages en dorure, et couleur sur fond noir ; dessus de marbre brèche.

150 — Meuble d'entre-deux à hauteur d'appui en bois de placage, ouvrant à deux portes, munies de panneaux d'ancienne laque, incrustée de matières dures, à décor d'ustensiles, fleurs et attributs.

151 — Petite table rectangulaire en bois de placage, munie d'un tiroir latéral. Pieds cambrés à tablette d'entrejambes. Garnie d'un grillage.

152 — Table-rognon, munie d'un tiroir, en acajou.

153 — Console-d'applique en marbre de couleur, sur deux pieds à volutes, ornements-appliques feuillagés en bronze doré.

# TAPIS

## ÉTOFFES, DENTELLES

154 — Tapis de table rectangulaire, en guipure, dentelle et broderie, sur fond de satin crème.

155 — Petite carpette d'Orient, à rosace géométrique à fond bleu au centre. Bordure à rayures diagonales.

Long., 1 m. 35 cent.; larg., 85 cent.

156 — Tapis de prière, à décor simulant une porte de mosquée, fond blanc. Petite bordure verte.

Long., 1 m. 65 cent.; larg., 1 m. 15 cent.

157 — Carpette en soie, à décor de feuillage stylisé, sur fond crème. Petite bordure bleue.

Long., 2 mètres; larg., 1 m. 25 cent.

158 — Un lot de morceaux et fragments d'étoffe.

159 — Garniture de baie en soie verte.

www.ingramcontent.com/pod-product-compliance
Ingram Content Group UK Ltd.
Pitfield, Milton Keynes, MK11 3LW, UK
UKHW021040260726
13994UKWH00005B/2280